鼠

堀辰雄+ねこ助

初出：《婦人公論》1930年7月

堀辰雄

生於明治37年（1904年）。東京帝國大學文學院國文系畢業。高中時便與室生犀星、芥川龍之介私交甚篤，其作品多可見法國文學薰陶。代表著作如《風起》、《聖家族》、《美麗的村子》。

ねこ助（猫助）

生於鳥取縣的插畫家，平時經手書籍封面、遊戲及CD包裝插畫。著有本系列之《魚服記》（太宰治＋ねこ助）、《山月記》（中島敦＋ねこ助）、《紅蜻蜓》（新美南吉＋ねこ助），以及《猫助作品集Soirée》。

他們如老鼠般嬉戲。

他們不知打哪尋來數張老舊的榻榻米，搬進一間空屋的小倉庫，一張張鋪在梁上。於是那邊——屋頂與屋梁之間，便形同一座房間，那可是喜愛神秘的孩子無可挑剔的遊樂場，不會被任何人見著；只是那暗室有些霉味。

那兒一天到晚昏暗，是故他們大白天也如遊夢中。這群少年普遍十來歲，他們每每放學後回了家一趟，旋即又出了門；回家只為卸下書包、換下草履，各各帶上玩具會合。有人摸來父親的菸，一支捲菸就這麼兩三個人輪流抽著。

而後某日，不知誰從家裡偷來了一尊石膏女人像（還是石膏的維納斯呀！）。

起初，眾人瞧石膏像詭秘，小心翼翼地傳過來又傳過去。傳到後來，幾名渴望再次撫摸、觀賞石膏像的少年開始爭來奪去，竟將石膏像五馬分屍。於是他們吃吃發笑——他們儘管胡鬧，也絕不喧鬧。若有誰膽敢大聲嚷嚷，那人即犯了規矩，定將受罰。他們如此嚴守這場秘密遊戲，因為他們清楚規矩能增添遊戲的樂趣，猶如格律能刺激詩人的文思。

他們在那兒，每天，如老鼠般嬉戲。

不料，倉庫中竟生了變。也不知誰起的頭，少年之間口耳相傳，閣樓有石膏妖怪出沒。

謠傳某日傍晚，眾人回家過後，有位少年獨留。他神色自若，摸黑搜集散落一地的石膏手腳，將之接合，大費周折，近乎復原了石膏像。一瞧，只缺女人的頭，於是他點起火柴尋找。然而他虛耗了一根又一根火柴，尋遍了榻榻米仍不見石膏頭的蹤跡。他終於作罷，捏著燃燒的火柴，驀然抬起頭來。

那一刻，他不由得驚呼。他手中的火柴微光點亮眼前半空，白晃晃地映照出他尋覓許久的石膏頭顱（竟有一顆人頭那麼大！），嚇得他落荒而逃。

對石膏妖怪的好奇與恐懼在這群孩子心中交戰，其中幾人的好奇終究戰勝了恐懼，這些人團結一致，前進倉庫。然而，他們光是爬上閣樓，見到霉味四溢的老舊榻榻米上四散的石膏手腳，莫名渾身發毛，無須待人發難，便倉皇竄下屋梁，飛奔出門。

如此這般，他們只好捨棄數個月來的暗室。

然而他們馬上找到了替代的地點。

他們憑藉過去在倉庫梁上尋獲絕佳暗室的「好嗅覺」，這回在某座寺院地板底下覓得了同樣的場所。他們又不知打哪偷來幾張草蓆，搬進地板底下，在那兒如鼴鼠般嬉戲起來。那兒遠比倉庫裡涼爽；時序正逢入夏，他們對陰涼的新暗室滿意極了。只是這邊太晦暗、太潮濕，他們有時甚至懷疑自己是否做了惡夢。於是，他們又暗自緬懷起閣樓的生活。

然而，有一位少年膽大無比，他隻身一人、避人耳目，當然也瞞過同伴，照舊爬上閣樓，繼續以往老鼠般的生活。

那名少年近來方痛失母親；他對此傷心欲絕，時而不由自主地迸淚。然而少年自尊心驚人，絕不肯被人撞見自己的眼淚。於是他索盡枯腸，設想涕零之際何以完全獨處。

他中意倉庫黯淡無光，不時隱身其中，背著友人悄悄啜泣；在這般暗室中哭泣甚至帶給他生理上的快感。他有次哭著，想像沒一個友人圍在自己身邊的情景，這使他突然靈機一動，思及一項大膽計劃。

其實，石膏妖怪的傳聞全是這名少年編出來的。他的計劃見了效，到頭來，無畏榻榻米上一地石膏手腳，有膽爬上閣樓的人，只剩他一個——但他這份大膽，並非針對怪力亂神，毋寧說是用於欺騙自己的朋友。

一日，他在他獨占的暗室抽噎過後，怎麼也提不起勁回家，便就地躺臥下來。不知不覺天黑了，他感覺飢餓，但仍無意起身。

他想起母親過身後突然對自己溫柔相待的父親。父親肯定掛念著他遲遲未歸，連晚飯也沒動罷。但這並不足以令他起身，彷彿有股匪夷所思的力量將他縛在原地。

良久，他打起了盹。他察覺自己做了夢，幾乎與此同時，他如夢遊症患者，下意識地收集起周圍的石膏碎片，加以拼接。確切來說，他分不清自己是因為此舉而迷糊了虛實，抑或是恍惚之中夢見了自己那麼做。儘管如此，他的奇妙之舉一氣呵成，幾乎還了石膏維納斯原型。只是，獨獨缺了維納斯的頭。他為了找那顆頭，點了數根火柴。

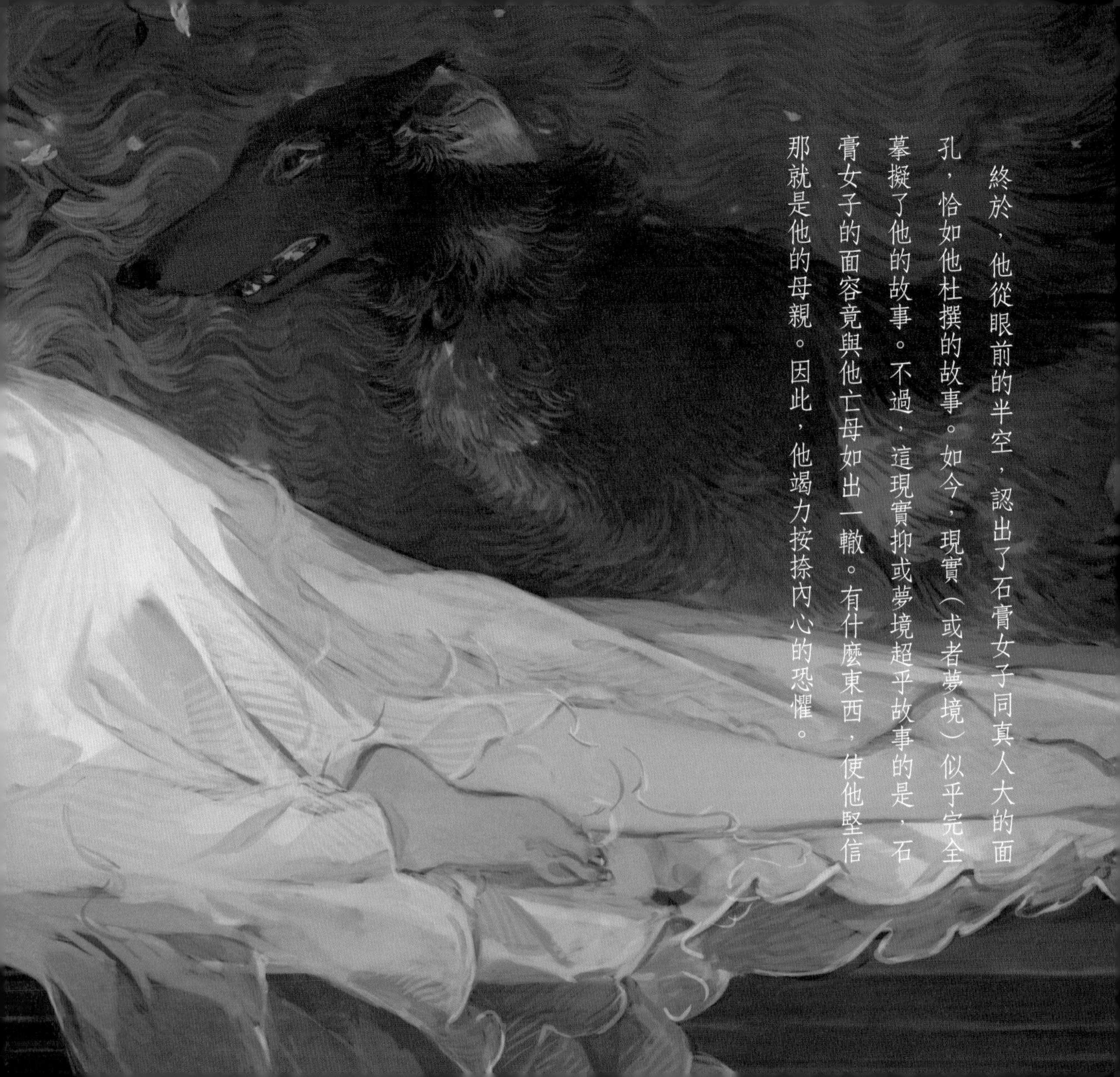

終於，他從眼前的半空，認出了石膏女子同真人大的面孔，恰如他杜撰的故事。如今，現實（或者夢境）似乎完全摹擬了他的故事。不過，這現實抑或夢境超乎故事的是，石膏女子的面容竟與他亡母如出一轍。有什麼東西，使他堅信那就是他的母親。因此，他竭力按捺內心的恐懼。

……那一剎那，母親臉上看似泛起和藹的笑。俄頃之間，她跨坐到少年身上，輕輕疊上雙唇。他原以為這一吻會冰得懾人，然而那唇卻恍如生人般溫暖。

……下一刻，他心中的愛懼錯綜複雜，攪成一團不可思議的狂喜。

＊本書之中，雖然包含以今日觀點而言恐為歧視用語或不適切的表現方式，但考慮到原著的歷史背景，予以原貌呈現。

譯註

第０６頁

【榻榻米】〔畳〕日本建築傳統的地板建材。板材中心為木質，表面則以藺草編織而成。一塊榻榻米的尺寸約為910mm×1820mm（面積約1.6562m^2）。

第０８頁

【草履】１９３０年代以前，日本穿著習慣尚以和服為主，外出鞋履習慣上也是著草履或木屐。１９３１年，東京日本橋白木屋（日後更名東急百貨店日本橋店。１９９９年１月歇業）白天慘遭祝融，此事之後，日本穿著習慣大幅西洋化，也改穿有鞋面的鞋子或以木材為主的涼鞋。

【捲菸】〔巻煙草〕日本明治時代（約19世紀末）以後，紙捲菸便已慢慢取代傳統的菸斗。

第１０頁

【維納斯】Venus 即古希臘神話中的「阿芙蘿黛蒂」（Aphrodite），維納斯是其羅馬名。維納斯是代表愛與美的女神，也是主掌生育與航海的神祇。

第２４頁

【草蓆】〔アンペラ〕以一種莎草「圓葉劍葉莎（*Machaerina rubiginosa*）」為材料編織而成的涼墊。

解說

秘密與秩序的狂想——堀辰雄〈鼠〉／洪敍銘

初讀堀辰雄的〈鼠〉，很難不被他頗具浪漫氣息的異想所吸引。不少讀者對於開篇的一句「他們如老鼠般嬉戲」（彼等は鼠のように遊んだ）有著多元化的詮釋與開展，通曉日文的朋友唸讀了這段句子，在跌宕起伏的音節中，竟也興起了某種恐懼與興奮交雜的情緒。觀諸各方評述，不論是藉由這個潮濕、陰暗卻又充滿感性的空間所可能展現／暗示少年對於異性之「愛」的探索／渴求或雜揉著複雜情感的情緒，或者透過「異樣」的美態，建構出屬於少年獨立且完整的心靈空間，藉以見證某種狂喜作為逃避／親近不可得的現實的途徑，都能看見非常明顯的一種「向內」的驅力——對於秘密的、內心的、特別是迷走於現實與夢境之間的日常，迷離且真實，相當符合人的情態。

〈鼠〉的閣樓暗室，誠如江戶川亂步的傑作〈屋頂裡的散步者〉（屋根裏の散步者）一般，身處於這些頭頂之上的夾層空間時，感官總會被無限地放大，隨之而來的慾望也會來得更加強烈且真實——對於秘密的「窺視」、各種氣味的辨識、以及具象化那些複雜情緒的觸感與凝視。〈鼠〉的暗黑空間，也略有一些奇詭的成分以及與偵推敘事相仿的某種異聞／真相的反轉，然而更重要的是，我們對於「異常」的理解，通常基於這些經驗與情境，大多來自於人們的日常經驗與理解中，意即這些應該屬於異常的情境，並不是完全超出理解範圍的，也正因為日常與異常間的曖昧性，才使得「逾越」的行為產生「逾越」的意義，這也讓〈鼠〉中的閣樓既讓人感到不適或恐怖，卻又充滿吸引力，甚至是歸屬感的原因。更進一步地說，〈鼠〉藉由空間的營造與人物角色的刻劃，創造了充滿隱喻與寓言性的文本世界，甚至它更能作為對作者生平逆向探索的理解可能。

對讀堀辰雄另一篇名作〈麦藁帽子〉，已有不少前行研究者具以指出該篇小說徹底地表現出堀辰雄對於「母親」及其情感位置的重要性與象徵，例如西本はる華（2015）探究的即是敘述中錯置的母親稱謂，其意義在於「我」無法接受母親的去世，在文本層次創造出「你」的話語層次或視角，表現出那種親近實又疏離的感受（頁41），進而作者在創造與其他女性的愛戀互動時，總會產生某種突兀的人格，彷若幽魂；又如吉永哲郎（2007）引〈麦藁帽子〉中描寫因地震而溺水死亡的母親之段落，準確地發現堀辰雄在這些書寫母親死亡的作品中，迴避了對於死亡的真實描寫——如慘痛的身體經驗、殘缺的遺骸等，他寫的是一種淡然的傷痛，而且勢必要藉由一次次愛的重合，體驗這種失去的永恆存在（頁235-236）。從這個面向來理解〈鼠〉中石膏女人對於少年的特殊意義——維納斯的原型，以及這個原型最終與母親形象重疊的恍惚／狂喜或者介於愛與恐懼間的拉扯及糾結，或者參究堀辰雄的生平，也能稍微體會到這種難以彌補或平復的匱缺與困窘，抑或某種程度上，這篇小說也是他人生的一種寫實性的寫照。

不少讀者會從「背德」的角度解析這種混雜的愛，尤其是小說末尾「她跨坐到少年身上，輕輕疊上雙唇……那唇卻恍如生人般的溫暖」，是否會陷入另一種「伊底帕斯情結」的危險，進而異域化了少年人格之養成或放大了黑暗或扭曲的空間？然而，石膏像在文本敘述中的型態／形象變化，卻給予人另外一種解讀的情境。

首先是石膏像從完整到分裂：「傳到後來，幾名渴望再次撫摸、觀賞石雕像的少年開始爭來奪去，竟將石膏像五馬分屍」，可知少年們在傳遞這尊具女性身體／心理象徵的石膏像時，帶有一種對於性的啟蒙與探索，然而當這樣的女性象徵被拆解成四散的石膏手腳時，伴隨著石膏頭顱的映象，竟產生了令人倉皇而逃的恐懼。這層轉換在文本層次中，用以凸顯「他」與其他孩子們的差異——敘述中隱藏了「他」對於「維納斯」的女體感知，進而「他」創造了石膏妖怪的傳聞，同時也重組了破碎的石膏像，並且是「幾乎還了維納斯原型」；這或許代表「他」對於石膏像——女性——的某種獨占意圖，儘管在小說中的敘述是「他」不想在眾人面前展現自己的脆弱，進而建造起自己獨處的空間，但畢竟驅散了其他男性的存在後，「他」才能以某種形式，占領／轉移對於這個重要的女性角色（或可以直接地說是他逝去母親）的情感連結。這也反向地說明了，即便「他」對於妖怪傳聞純屬捏造再清楚不過，但在半夢半醒之間，石膏頭顱以母親的容顏再現時，「他」仍感到驚異與恐懼，這同時連結了人們對於「親愛的亡者」的那種難以言喻的糾結，「現」與「不現」最終或許都成為愛與念想的難題。

然而，在〈鼠〉中，讀者得以迅速的看見這種糾結的消散，其關鍵正在於「他」大費周折地蒐集了石雕碎片、拼接且重組了石雕像的執著——即便「他」並不確定自己是迷糊了虛實，或者是在恍惚間夢見自己這麼做——因為石雕像的散離，彷若散落在世間的人的靈魂，唯有重組，它們才能短暫地回返「現實」的這個世界，才能再被感受、被理解以及被愛；在清醒之後，才能再帶著秘密存活。

參考資料
西本はる華（2015）。〈隠蔽された「母」：堀辰雄「麦藁帽子」論〉。《横浜国大国語研究》，33，31-42。
吉永哲郎（2007）。〈堀辰雄の死生観(その1)『姨捨・聖家族・美しい村・風立ちぬ』をめぐって〉。《共愛学園前橋国際大学論集》，7，233-248。

解說者簡介／洪敍銘
文創聚落策展人、文學研究者與編輯。「托海爾：地方與經驗研究室」主理人，著有台灣推理研究專書《從「在地」到「台灣」：論「本格復興」前台灣推理小說的地方想像與建構》、〈理論與實務的連結：地方研究論述之外的「後場」〉等作，研究興趣以台灣推理文學發展史、小說的在地性詮釋為主。

乙女の本棚系列

『與押繪一同旅行的男子』
江戶川亂步＋しきみ
定價：400元

『葉櫻與魔笛』
太宰治＋紗久楽 さわ
定價：400元

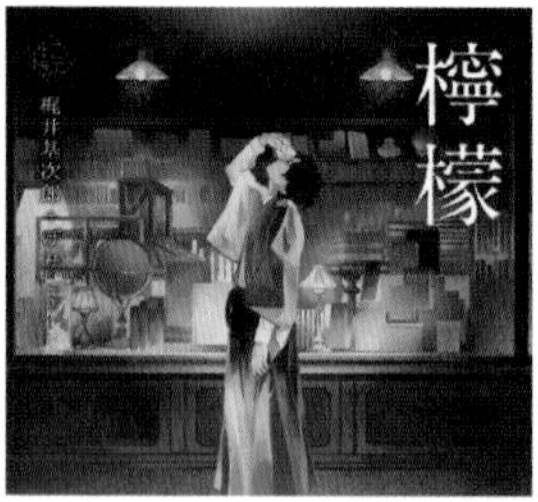

『檸檬』
梶井基次郎＋げみ
定價：400元

『蜜柑』
芥川龍之介＋げみ
定價：400元

乙女の本棚系列 II

『瓶詰地獄』
夢野久作＋ホノジロトヲジ
定價：400元

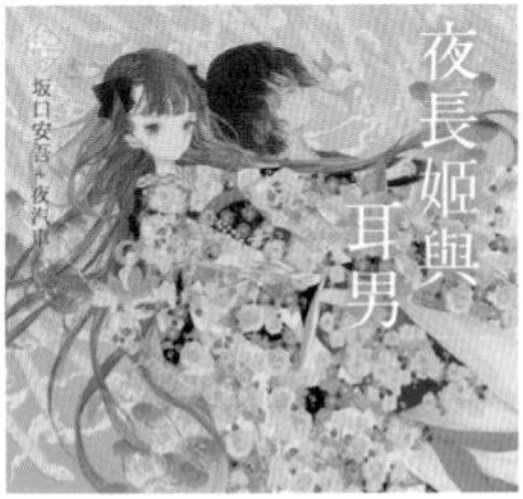

『夜長姫與耳男』
坂口安吾＋夜汽車
定價：400元

『貓町』
萩原朔太郎＋しきみ
定價：400元

『夢十夜』
夏目漱石＋しきみ
定價：400元

乙女の本棚系列 III

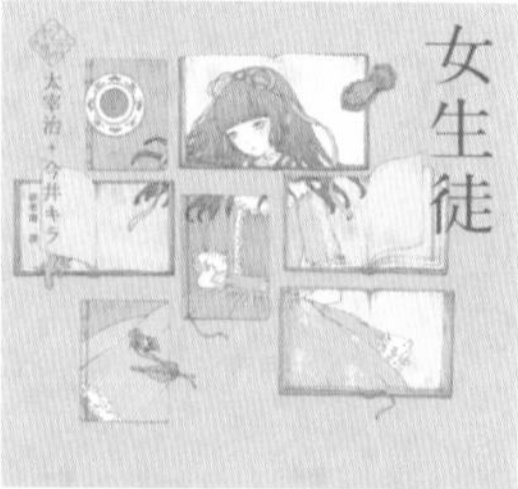

『女生徒』
太宰治 + 今井キラ
定價：400元

『祕密』
谷崎潤一郎 + マツオヒロミ
定價：400元

『山月記』
中島敦 + ねこ助
定價：400元

『外科室』
泉鏡花 + ホノジロトヲジ
定價：400元

乙女の本棚系列 IV

『人間椅子』
江戸川亂歩＋ホノジロトヲジ
定價：400元

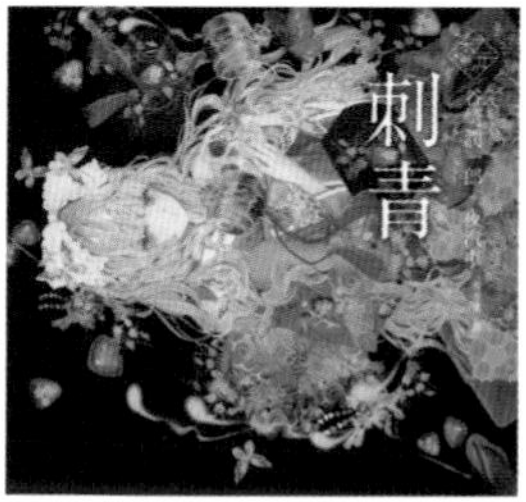

『刺青』
谷崎潤一郎＋夜汽車
定價：400元

『春天乘坐於馬車上』
橫光利一＋いとうあつき
定價：400元

『K的昇天』
梶井基次郎＋しらこ
定價：400元

譯者

沈俊傑

日文譯者。
醒時譯書，夢時囈書。
時時梭巡字句之間，刻刻丈量文義焦距。
聯絡信箱：q5849661@gmail.com

國家圖書館出版品預行編目資料

鼠/堀辰雄作；沈俊傑譯. -- 初版. -- 新北市：瑞昇文化事業股份有限公司, 2023.11
60面；18.2x16.4公分
ISBN 978-986-401-677-8(精裝)

861.57 112015195

TITLE

鼠

STAFF

出版	瑞昇文化事業股份有限公司
作者	堀辰雄
繪師	ねこ助
譯者	沈俊傑
創辦人／董事長	駱東墻
CEO／行銷	陳冠偉
總編輯	郭湘齡
責任編輯	張聿雯
文字編輯	徐承義
美術編輯	謝彥如
國際版權	駱念德　張聿雯
排版	謝彥如
製版	明宏彩色照相製版有限公司
印刷	桂林彩色印刷股份有限公司
法律顧問	立勤國際法律事務所　黃沛聲律師
戶名	瑞昇文化事業股份有限公司
劃撥帳號	19598343
地址	新北市中和區景平路464巷2弄1-4號
電話	(02)2945-3191
傳真	(02)2945-3190
網址	www.rising-books.com.tw
Mail	deepblue@rising-books.com.tw
初版日期	2023年11月
定價	400元